I Am René, the Boy
Soy René, el niño

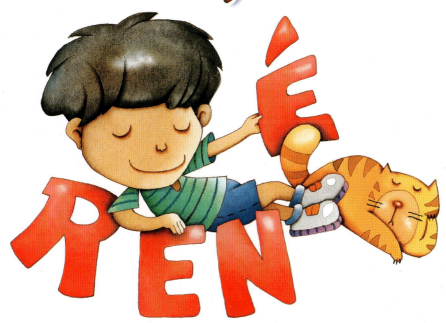

By / Por René Colato Laínez

Illustrations by / Ilustraciones de Fabiola Graullera Ramírez

Piñata Books
Arte Público Press
Houston, Texas

Publication of *I Am René, the Boy* is made possible through a grant from the City of Houston through the Houston Arts Alliance. We are grateful for their support.

Esta edición de *Soy René, el niño* ha sido subvencionada por la ciudad de Houston por medio del Houston Arts Alliance. Les agradecemos su apoyo.

¡Piñata Books están llenos de sorpresas!
Piñata Books are full of surprises!

Piñata Books
An Imprint of Arte Público Press
University of Houston
4902 Gulf Fwy, Bldg 19, Rm 100
Houston, Texas 77204-2004

Cover design by / Diseño de la portada por Giovanni Mora

Colato Laínez, René.
    I Am René, the Boy / by René Colato Laínez; illustrations by Fabiola Graullera Ramírez = Soy René, el niño / por René Colato Laínez; ilustraciones de Fabiola Graullera Ramírez.
        p.   cm.
    Summary: When René learns that in the United States his name is also a girl's name, he does some research and relates the name's meaning and letters to his homeland of El Salvador and the things that make him special.
    ISBN 978-1-55885-378-2 (alk. paper)
    1. Salvadoran Americans—Juvenile fiction.   [1. Salvadoran Americans—Fiction. 2. Names, Personal—Fiction. 3. Schools—Fiction. 4. Bilingualism—Fiction. 5. Spanish language materials—Bilingual.]   I. Title: Soy René, el niño. II. Graullera Ramírez, Fabiola, ill.   III. Title.
PZ73.C5865   2005
[E]—dc22   2004044640
                                                                                                                   CIP

∞ The paper used in this publication meets the requirements of the American National Standard for Permanence of Paper for Printed Library Materials Z39.48-1984.

Printed in Hong Kong in January 2016–March 2016 by Book Art Inc. / Paramount Printing Company Limited
13 12 11 10 9 8 7 6 5

To my lovely mamá Juana Laínez Macías and to the MVP class and everyone at Vermont College.

—RCL

To Mario, Angélica and Erika for being my inspiration.

—FGR

Para mi linda mamá Juana Laínez Macías y para la clase MVP y toda la gente de Vermont College.

—RCL

A Mario, Angélica y Erika por ser mi inspiración.

—FGR

My name is René, like my grandfather and my father. I am René, the third.

I learned to write my name in El Salvador. I wrote it everywhere. I wrote it with the charcoal from Mamá's brick oven. I traced it with a stick on the fresh rained soil.

In El Salvador, I was René the brave, René the strong and René the funny. I cannot believe it. Here, in the United States, René is a girl's name!

Mi nombre es René, como mi abuelo y mi padre. Yo soy René, el tercero.

Aprendí a escribir mi nombre en El Salvador. Lo escribía por todas partes. Lo escribía con el carbón del horno de ladrillo de Mamá. Lo dibujaba con una rama en la tierra recién mojada por la lluvia.

En El Salvador, yo era René el valiente, René el fuerte y René el chistoso. No puedo creer que en los Estados Unidos ¡René es nombre de niña!

I discovered it when a new student joined my classroom and Miss Soria called roll.

"José, Mary, Carlos."

"Here," answered everyone.

"René," she said.

As I started to say "here" with pride, I heard a girl's voice answer to my name. She was the new student.

"Here I am. I'm Renee!" she said.

She looked at me and smiled. My mouth dropped. I was paralyzed.

During recess, some boys came up and taunted me, "You have a girl's name!"

Lo descubrí cuando un nuevo estudiante llegó a mi salón y la señorita Soria comenzó a pasar lista.

—José, Mary, Carlos.

—Presente —contestaron todos.

—René —dijo.

Cuando estaba por decir "presente" con orgullo, escuché la voz de una niña que respondía a mi nombre. Era la estudiante nueva.

—Presente. ¡Yo soy Renee! —dijo.

Me miró y se sonrió. Me quedé con la boca abierta. Estaba paralizado.

Durante el recreo, unos niños se acercaron y se burlaron de mí, —¡Tienes nombre de niña!

In the kitchen, while we were eating fried plantains with sour cream and hot chocolate, I told my parents, "The boys at school say that René is a girl's name."

"I have never heard such a thing," Papá said. "René is the name of hard-working men."

"René is a beautiful name. Don't listen to them," Mamá said.

"That's right, my name is so beautiful that a girl copied it from me!" I said as a piece of fried plantain disappeared into my mouth.

En la cocina, mientras comíamos plátanos fritos con crema y chocolate caliente, les dije a mis padres, —Los niños en la escuela dicen que René es nombre de niña.

—Jamás había oído tal cosa —dijo Papá—. René es nombre de hombres bien trabajadores.

—René es un nombre bonito. No les hagas caso —dijo Mamá.

—Es cierto, mi nombre es tan bonito que una niña me lo copió —dije mientras que un pedazo de plátano frito desaparecía en mi boca.

At school, my desk partner was Renee, the girl. She was behind me every time we lined up in alphabetical order. She was always smiling at me.

During recess, she told me that she wanted to be my best friend.

"Are you sure that your name is René?" I asked her. "You're a girl! Maybe, your name is Irene and you lost the 'i' in your alphabet soup."

"No!" she told me, "My parents named me Renee."

En la escuela, Renee, la niña, compartía el pupitre conmigo. Estaba detrás de mí cada vez que nos formábamos en orden alfabético. Siempre me sonreía.

Durante el recreo, Renee me dijo que quería ser mi mejor amiga.

—¿Estás segura de que tu nombre es René? —le pregunté—. ¡Eres una niña! Quizá tu verdadero nombre es Irene y se te perdió la "i" en tu sopa de letras.

—¡No! —me dijo—. Mis padres me pusieron Renee.

After recess, we went to the school library. There were many shelves with books. Some were so high that I could not reach them even if I stood up on my tiptoes.

"Boys and girls, all these books are for you," the librarian said. "We use books to read, study and research information."

"Research? What can I research?" I asked her.

"Anything you want. These books have information on anything," she told me.

Afterwards, the children borrowed books. I looked for the perfect book, from left to right and up and down.

"Here it is!" I exclaimed. *The Meaning of Names.*

Después del recreo fuimos a la biblioteca de la escuela. Había muchos estantes con libros. Algunos estaban tan altos que no los podía alcanzar aunque me parara de puntitas.

—Niños y niñas, estos libros son para ustedes —nos dijo la bibliotecaria—. Usamos los libros para leer, estudiar y buscar información.

—¿Qué información? ¿Qué información puedo buscar? —le pregunté.

—Todo lo que quieras. Estos libros contienen información sobre cualquier cosa, —me respondió.

Más tarde, los niños sacaron libros de la biblioteca. Yo buscaba el libro perfecto, de izquierda a derecha y de arriba hacia abajo.

—¡Aquí está! —exclamé—. *El significado de los nombres.*

In the evening, I fell asleep on the sofa while I watched a movie. When Mamá tried to pick me up to go to bed, I woke up.

"You are too heavy, *m'ijo*," she told me. "A few years ago, you were just a baby."

In my room, I took the library book from my backpack. There was a list of boys and girls names in alphabetical order. I looked for the letter R.

"René, here it is! Origin: French. Meaning: Reborn."

Then, I looked in the dictionary and discovered that reborn meant to be born again.

En la tarde, me quedé dormido en el sofá mientras veía una película. Cuando Mamá trató de levantarme para que fuera a mi cama, me desperté.

—Estás bien pesado, m'ijo —me dijo—. Hace unos años eras apenas un bebé.

En mi cuarto, saqué de mi mochila el libro de la biblioteca. Había una lista de nombres de niños y niñas en orden alfabético. Busqué la letra R.

—¡René, aquí está! Origen: Francés. Significado: Renacer.

Luego busqué en el diccionario y descubrí que renacer significaba volver a nacer.

The next day, we made a chart with our names. Miss Soria said my name and wrote "Renee" on the board.

"That's not how you write René," I said to my teacher.

"How do you write it?" my teacher asked.

I picked up an eraser and removed the last "e" and wrote an accent mark on the second "e": René. Renee, the girl, then took the eraser away from me and wrote it back the way it was: Renee.

"This is the way I write my name," she told me.

After I saw her name on the board, I felt much better. Her name was different. Hers had five letters and mine had only four.

Al día siguiente, hicimos una tabla con nuestros nombres. La señorita Soria dijo mi nombre y escribió "Renee" en la pizarra.

—Así no se escribe René —le dije a la maestra.

—¿Cómo lo escribes tú? —me preguntó.

Agarré un borrador y borré la última "e" y puse un acento sobre la segunda "e": René. Renee, la niña, me quitó el borrador y lo volvió a escribir como estaba: Renee.

—Así es como yo escribo mi nombre —me dijo.

Después de ver su nombre en la pizarra me sentí mejor. Su nombre era diferente. El de ella tenía cinco letras y el mío sólo cuatro.

Before going home, the teacher passed a flyer.

It said this: "The school library presents the first writing contest of the school year. Open topic: write on any subject. A winner will be chosen next month. Prize: Two Extra Large Pizzas."

"I love pizza," Renee said.

"Me too!" I said.

Antes de irnos a casa, la maestra pasó un anuncio.

El anuncio decía: "La biblioteca de la escuela presenta el primer concurso de escritura del año escolar. Tema abierto: se puede escribir sobre cualquier tema. Escogeremos al ganador el próximo mes. Premio: Dos pizzas extra grandes".

—Me encanta la pizza —dijo Renee.

—¡A mí también! —le contesté.

At home, after going to bed, I decided to participate in the writing contest.

"What can I write about?" I asked myself as I fell asleep.

In the following weeks, I took notes on all the things I had discovered about my name. Then I wrote my essay.

A month later, during the assembly in the auditorium, the librarian announced the first-place winner. I could not believe what my ears were hearing.

"I won! I won!" I said as I jumped up and down.

I came to the stage and the principal asked me to read my essay.

En casa, después de acostarme, decidí participar en el concurso de escritura.

—¿Sobre qué puedo escribir? —me pregunté mientras me quedaba dormido.

En las siguientes semanas, escribí todas las cosas que había descubierto sobre mi nombre. Finalmente, escribí una composición.

Un mes después, durante la asamblea en el auditorio, la bibliotecaria anunció al estudiante que había ganado el primer lugar. No podía creer lo que estaba escuchando.

—¡Gané! ¡Gané! —dije mientras brincaba.

Pasé al escenario y el director me pidió que leyera mi composición.

"I am René. In Spanish, René is a boy's name. In English, my name with an extra 'e' at the end is a girl's name.

"René is a French name that means to be reborn, to be born again.

"I have read about men named René in books. I found René Descartes. He was a philosopher. In my teacher's art book, there was a painting by René Magrite.

"But I don't look like the Renés in those books.

"I have brown skin, like the sweet bread that Mamá gives me for breakfast.

"I have black and straight hair that does not like combs or brushes.

"I have beautiful, black eyes like Mamá and strong arms like Papá."

"Yo soy René. En español René es nombre de niño. En inglés, se escribe con una 'e' extra al final y es nombre de niña.

"René es un nombre francés que significa renacer, volver a nacer.

"En libros he leído sobre hombres que se llaman René. Encontré a René Descartes. Era un filósofo. En el libro de arte de mi maestra había una pintura de René Magrite.

"Pero yo no me parezco a los Renés de esos libros.

"Tengo la piel canela como el pan dulce que sirve Mamá para el desayuno.

"Tengo cabello negro y lacio que no le hace caso a los peines o cepillos.

"Tengo bonitos ojos negros como Mamá y brazos fuertes como Papá".

"My name René is different. It is my very own name.

"The letter **R** is for the **r**ailroad that ran in front of my house in El Salvador.

"The letter **E** is for my country **E**l Salvador.

"The letter **N** is for **n**ever give up.

"The letter **E** is for my new country, *Estados Unidos*, the United States.

"The accent mark at the end is what makes my name strong and powerful.

"I am *this* René."

"Mi nombre René es diferente. Me pertenece sólo a mí.

"La letra **R** es por los **r**ieles que corrían enfrente de mi casa en El Salvador.

"La letra **E** es por mi país, **E**l Salvador.

"La letra **N** es por **n**unca darme por vencido.

"La letra **E** es por mi nuevo país, los **E**stados Unidos.

"El acento al final es lo que hace a mi nombre fuerte y poderoso.

"Yo soy *este* **René**".

"Here in the United States, the names of many words change in English. **Mi escuela** is now my school and **mi casa** is my house. Even, **Mamá** is now Mom and **Papá** is Dad. They don't understand if I call them Mom and Dad. But René is René in English and Spanish. Sometimes people pronounce my name differently. I don't care because I know who I am.

"In English, I found René in my favorite color, **green**. René is written backwards in **ener**gy. I have a lot of energy. I can find René in what I like the most, adv**en**tu**re**s!"

"Aquí en los Estados Unidos, los nombres de muchas palabras cambian. Mi escuela es ahora **my school** y mi casa es **my house**. Hasta Mamá es ahora **Mom** y Papá es **Dad**. Ellos no me entienden si los llamo *Mom* y *Dad*. Pero René es René en inglés y en español. Algunas veces las personas pronuncian mi nombre de manera diferente. No me importa porque yo sé quién soy.

"En inglés, encuentro René en mi color favorito, **green**. René está escrito al revés en **energy**. Yo tengo mucha energía. ¡Puedo encontrar René en lo que más me gusta, *adv**en**tures,* aventuras!"

"Now I know why René means to be reborn, to be born again.

"First, I was born in El Salvador, where I learned to write my name and speak my favorite language, Spanish.

"Now, I am born again, in the United States, where I learned to speak English.

"I am so lucky that after I was born again, I can speak, read and write in English and Spanish."

When I finished reading, everyone clapped. The principal gave me the two extra-large pizzas.

"Ahora sé por qué René quiere decir renacer, volver a nacer.

"Primero, nací en El Salvador donde aprendí a escribir mi nombre y a hablar mi idioma favorito, español.

"Ahora, volví a nacer en los Estados Unidos donde aprendí a hablar inglés.

"Tengo tanta suerte que después que volví a nacer, puedo hablar, leer y escribir en inglés y español".

Cuando terminé de leer, todos me aplaudieron. El director me entregó las dos pizzas extra grandes.

I shared the pizza with my classmates.

"I like your name!" Renee told me with a slice of pizza in her hands.

"I like your name too!" I said as I took another slice of pizza.

Compartí la pizza con mis compañeros.

—¡Me gusta tu nombre! —me dijo Renee con un pedazo de pizza en las manos.

—¡A mí también me gusta tu nombre! —le dije al tomar otro pedazo de pizza.

René Colato Laínez was born in El Salvador. *I Am René, the Boy* is based on his immigrant experience. When René migrated to the United States, he discovered that René with an extra "e" at the end is a woman's name. In this picture book, René shows that the meaning of his name is part of his culture and language. René is a teacher at Fernangeles Elementary School in Sun Valley, California. All the children know him as "The teacher full of stories." René graduated from California State University at Northridge, and he received his Master's in Writing for Children & Young Adults from Vermont College. He is a member of the Society of Children's Book Writers and Illustrators. René is the author of *Waiting for Papá / Esperando a Papá.*

René Colato Laínez nació en El Salvador. *Soy René, el niño* está basado en su experiencia como inmigrante. Cuando René emigró a los Estados Unidos descubrió que René con una "e" extra al final es nombre de mujer. En este cuento, René muestra que el significado de su nombre está en su cultura y en su lenguaje. René es maestro en la escuela primaria Fernangeles en Sun Valley, California. Todos los niños lo conocen como "el maestro lleno de cuentos". René se graduó de la Universidad Estatal de California en Northridge y recibió su maestría en Creación Literaria para Niños y Jóvenes en la Universidad de Vermont. René es miembro de la Sociedad de Escritores e Ilustradores de libros para niños. René es autor de *Waiting for Papá / Esperando a Papá.*

Fabiola Graullera Ramírez was born in Mexico City and she graduated from UNAM's National School of Fine Arts with a degree in Graphic Communication. Her work has been part of collective exhibits in Mexico and Spain. She has illustrated sixteen picture books, and has worked on projects for Richmond, Progreso, Alfaguara, Compuvision, Laredo Publishing, Renaissance House and magazines such as *Istmo, Selecciones* and *Mamá*. Fabiola has an aquarium with several tropical fish and a cat named Dalila who enjoys watching the fish all day.

Fabiola Graullera Ramírez nació en la ciudad de México y se recibió de la Escuela Nacional de Artes Plásticas de la UNAM con una licenciatura en Comunicación Gráfica. Ha realizado exposiciones colectivas en México y España. Ha ilustrado dieciséis libros infantiles, y ha realizado proyectos para Richmond, Progreso, Alfaguara, Compuvision, Laredo Publishing, Renaissance House y para las revistas *Istmo, Selecciones* y *Mamá*. Fabiola tiene un acuario con varios peces tropicales y una gatita llamada Dalila que gusta de observar los peces todo el día.